La Belle
et la
Bête

La Belle et la Bête

Raconté par
MAX EILENBERG

Illustré par
ANGELA BARRETT

Adaptation française par
MARIE-CÉLINE CASSANHOL

Gründ

Il était une fois un très riche marchand qui vivait dans une splendide demeure avec ses trois filles bien-aimées. Il s'appelait Ernest Fortuné… ou plus exactement « Monsieur Ernest Jérémy Auguste Fortuné, Marchand », comme l'annonçait sa carte de visite. M. Fortuné était un homme aux affaires prospères qui aimait répéter deux maximes. « Fortuné de nom, Fortuné de nature » était la première, qu'il accompagnait toujours d'un large sourire, les yeux plissés de joie tandis qu'il faisait sonner des pièces dans sa poche. « Je ne peux rien refuser à mes filles » était la seconde, qu'il énonçait en levant les mains au ciel et en secouant la tête d'un air réjoui qui indiquait qu'il n'en était nullement désolé. Car M. Fortuné chérissait ses trois filles comme la prunelle de ses yeux. Il les aimait, chacune à sa façon, vous disait-il en tirant de sa poche les précieux portraits qu'il conservait toujours sur lui, s'empressant de les montrer à quiconque s'y intéressait, et même à certains que cela n'intéressait guère.

« Voilà Gertrude, disait-il, mon aînée. Charmante jeune fille, très amusante, elle adore ses bijoux, une incorrigible dépensière, ma petite enfant gâtée ! ». Si vous regardiez d'un peu plus près le portrait

de Gertrude, M. Fortuné vous montrait aussi le magnifique collier de diamants à son cou, et les splendides émeraudes à ses oreilles. « Ils m'ont coûté une coquette somme, croyez-moi, disait-il fièrement, mais je ne peux rien refuser à mes filles! »

Peut-être lui auriez-vous trouvé l'air un rien trop gâtée et peu reconnaissante… mais M. Fortuné vous aurait déjà tendu le portrait suivant. « Hermine, annonçait-il. Absolument adorable, une fille délicieuse, elle raffole des parures à la mode: aux prix exorbitants… je ne lui dis jamais non ». Et si vous regardiez d'un peu plus près le portrait d'Hermine, M. Fortuné vous faisait remarquer sa robe de soie chatoyante et son extraordinaire chapeau. « Ils m'ont coûté les yeux de la tête, lançait-il tout sourire, mais… qu'y puis-je? »

Peut-être vous seriez-vous fait la réflexion qu'Hermine avait en réalité l'air mesquin et qu'elle était un peu trop bien mise – mais M. Fortuné était déjà passé au dernier portrait. « Belle », annonçait-il. Et soudain sa voix se brisait, ses yeux s'embuaient et une larme glissait sur sa joue rose et rebondie. Il s'interrompait alors, comme pour rassembler ses esprits. « Elle me rappelle toujours sa pauvre chère mère »

disait-il doucement ; sur quoi, M. Fortuné souriait courageusement et se mouchait bruyamment tandis que vous regardiez d'un peu plus près le portrait de Belle.

C'était une jeune fille d'une beauté si simple et si radieuse que vous en aviez le souffle coupé. M. Fortuné n'avait ni bijoux coûteux ni fines étoffes à vous faire remarquer ; elle n'en avait pas besoin. Sa peau était aussi lisse qu'une perle et ses cheveux fins comme la soie ; ses grands yeux rieurs brillaient d'un regard franc, aussi pleins de vie et de chaleur qu'un soleil généreux.

« Un véritable trésor, vous disait M. Fortuné. Elle est si gentille ! Elle me gâte sans cesse et ne me demande jamais rien. J'adorerais la couvrir de cadeaux, mais elle ne veut pas. Elle n'a pas besoin de ça, elle resplendit naturellement ! Belle de nom, belle de nature ; je ne pourrais demander plus. »

Et cela, pensez-vous peut-être, a plus de valeur que tout l'or du monde ; car avec ses trois filles chéries, M. Fortuné pouvait sans aucun doute envisager sereinement un avenir heureux et confortable.

Mais vous auriez bien tort, car les apparences peuvent être trompeuses ; et c'est là que notre histoire commence vraiment…

C'était par une journée d'été, aussi parfaite qu'à l'accoutumée. Les oiseaux chantaient et le soleil brillait sur la magnifique place du village où les Fortuné habitaient une immense et somptueuse maison. M. Fortuné était parti travailler tôt, comme tous les jours, emmené par son cocher dans son luxueux carrosse, et les trois filles occupaient la matinée comme à leur habitude.

Hermine et Gertrude se paraient de leurs plus beaux atours pour accueillir les nombreux prétendants qui chaque jour les courtisaient et les invitaient à des bals, des dîners et de magnifiques fêtes. Elles recevaient tant d'invitations qu'il leur arrivait de se rendre à trois ou quatre fêtes dans une même soirée, ce qui expliquait peut-être leur léger embonpoint, bien que leurs tenues fussent si éblouissantes que cela se remarquait à peine. Les jeunes gens n'en laissaient bien sûr rien paraître, pas plus qu'ils ne semblaient s'offusquer de la fréquente impolitesse d'Hermine et Gertrude qui engloutissaient les chocolats qu'ils leur

offraient sans un « merci » et sans jamais en proposer un seul. Hermine et Gertrude étaient si riches, et les jeunes gens si pressés de les épouser qu'aucune impolitesse ne les décourageait.

Pendant que ses sœurs tenaient salon, Belle dévalait les escaliers à chaque coup de sonnette, ouvrant la porte à tous les visiteurs. Jamais Hermine ni Gertrude ne la remerciaient, mais Belle était heureuse de leur succès, même si elle eut préféré que les jeunes gens n'eussent pas l'air aussi clairement attirés par leur fortune. Belle était trop jeune pour avoir des admirateurs; mais dans son cœur, elle était résolue à se marier par amour et non par intérêt. Elle rêvait du jour où elle serait conquise par un jeune et beau prétendant: prince parmi les hommes, peut-être même prince de sang! Car Belle ne doutait pas que ce jour viendrait: elle avait lu tant d'histoires d'amour qui se terminaient toujours par un mariage avec un prince et une promesse de bonheur éternel! Il pouvait frapper à la porte à chaque instant...

Bien sûr, la vie ne se passe pas toujours ainsi, mais Belle était jeune, romantique et pleine de rêves. Ainsi sa surprise fut immense lorsqu'un jour la sonnette retentit et qu'elle découvrit son père, debout sur le seuil, le visage défait.

Il lui fallut quelques instants avant de le reconnaître. Quelques heures à peine après son départ, M. Fortuné n'était plus le même homme. On aurait dit qu'il avait brusquement vieilli de plusieurs années; il s'était rabougri au point de ne plus être que le fantôme de lui-même. Il était pâle, fourbu et voûté, si visiblement rongé par l'inquiétude que Belle craignit qu'il ne s'effondrât sous ses yeux.

« Papa! » s'écria-t-elle en le saisissant par le bras pour le conduire au fauteuil le plus proche dans lequel il se laissa choir tandis que Belle appelait ses sœurs. Les jeunes gens s'empressèrent de sortir de la maison en bredouillant des excuses et en détournant les yeux, comme si prolonger leur visite risquait de les exposer à quelque terrible maladie.

« Oh, mes chères enfants, soupira M. Fortuné lorsqu'elles furent toutes trois à ses côtés. J'ai une terrible histoire à vous conter. »

Et il expliqua ce qui lui était arrivé, tandis que le jour baissait et que la petite famille se tenait serrée dans l'obscurité grandissante. M. Fortuné avait passé une affreuse et désastreuse journée à son bureau. Un incendie avait détruit ses entrepôts, une tempête avait coulé ses navires: en quelques heures, tout fut perdu, son commerce s'était effondré, ses économies avaient fondu, et il devait plus d'argent qu'il n'en pouvait rembourser. En un mot, il était ruiné, et le nom même de Fortuné n'était plus désormais qu'une cruelle ironie. Afin de payer les dettes, ils devraient vendre la maison, les beaux tableaux et les meubles, toute leur garde-robe et leurs bijoux... Ils devraient se séparer de tout avant de quitter la ville dès le lendemain et de trouver à se loger à la campagne à peu de frais.

« Mais qu'allons-nous devenir? s'écrièrent Hermine et Gertrude. Oh, père, comment avez-vous pu ? »

Désemparé, M. Fortuné secouait la tête en silence, et Belle l'enveloppa de ses bras. « N'ayez crainte, Papa, lui dit-elle. Tout ira bien pour nous.

– Ne sois pas ridicule, coupa Hermine. Rien n'ira plus jamais bien. »

Le lendemain matin, pas un seul soupirant ne vint leur faire ses adieux, et les malheureux Fortuné partirent dans une simple et triste charrette tirée par leur vieux cheval boiteux. Le soleil n'était pas là pour les réchauffer, et aucun chant d'oiseaux n'était venu les consoler. C'était une morne et grise journée balayée par un vent mordant, comme si dans la nuit un cruel hiver avait succédé à l'été. Il n'y avait plus ni diamants étincelants, ni froissements de soieries: rien qu'une couverture élimée pour se couvrir, et les incessantes jérémiades d'Hermine et Gertrude.

Ils voyagèrent trois jours et trois nuits dans le froid, s'éloignant de la ville pour gagner le cœur de la campagne. Ce fut un épouvantable périple à travers des champs pierreux, sur des routes boueuses à cause de la pluie qui s'abattait sur eux. Des visages étranges et méfiants les observaient derrière des fenêtres closes; de vilains chiens couraient derrière eux. Épuisés, affamés et glacés jusqu'aux os, ils finirent par trouver un endroit où s'arrêter. C'était une petite chaumière décrépite; mais peu importait... ils étaient si las qu'ils n'auraient pu faire un pas de plus.

Au cours des semaines et des mois qui suivirent, ils s'efforcèrent d'améliorer leur nouvelle existence. Hermine et Gertrude ne supportaient pas d'être pauvres et refusaient de se salir les mains. Mais Belle travaillait dur aux côtés de son père et bientôt la chaumière fut propre et douillette, le jardin nettoyé et le potager semé. Il y avait une écurie pour le cheval et assez de nourriture pour tous. Mais quand le soir venait et qu'ils s'asseyaient près du feu, un silence mélancolique pesait sur la petite famille, car en vérité aucun d'eux n'était heureux.

Hermine et Gertrude se plaignaient sans cesse. Comment leur père avait-il pu se montrer égoïste et stupide au point de perdre toute sa fortune ? Qu'allait-il advenir d'elles à présent ? Pourquoi ne pouvaient-elles plus avoir de jolis vêtements, ni de jolis bijoux ? Ne savait-il pas toutes les fêtes qu'elles étaient en train de manquer ?

M. Fortuné aussi était malheureux. Il aurait aimé rendre le sourire à ses filles en leur faisant de magnifiques surprises... mais il n'avait pas le moindre sou en poche. Autrefois, il ne pouvait rien leur refuser ; désormais, il ne pouvait plus rien leur accorder. L'humeur d'Hermine et Gertrude s'assombrissait de jour en jour ; et même Belle, l'adorable et gentille Belle, qui travaillait dur et essayait d'être gaie, ne pouvait dissimuler sa tristesse, ce qui faisait souffrir encore plus son père.

Belle était triste. Elle avait certes de la peine pour son père et ses sœurs; mais il y avait autre chose. La chaumière lui convenait, la campagne était belle; mais l'endroit était si isolé qu'il ne se passait jamais rien. Plus de visiteurs, plus de sonnette qui retentissait, plus de porte à ouvrir avec le secret espoir de rencontrer l'amour... Au fil des mois, Belle se rendit à l'évidence: aucun jeune et beau prince ne viendrait jamais frapper à la porte de leur petite chaumière.

Un an plus tard, Belle, chaque jour plus résignée, ne put en croire ses yeux quand elle descendit un matin les escaliers et trouva un message de la ville. Un navire, que l'on pensait disparu en mer, était arrivé à quai et une partie de sa cargaison appartenait peut-être à M. Fortuné. Ils seraient à nouveau riches! M. Fortuné s'apprêta à partir dans l'instant et il embrassa ses filles, promettant à chacune de lui ramener un magnifique présent.

« De la soie » dit Hermine en minaudant, sur le point de succomber à son exaltation.

« Des perles » dit Gertrude d'un ton implorant et que la joie étouffait presque.

« Et toi, Belle ? » demanda M. Fortuné en se tournant vers sa cadette.

Mais les rêves de Belle ne pouvaient s'acheter. « Rien, merci, murmura-t-elle. Seulement votre retour.

– Cela, je te le promets. Mais ne veux-tu rien d'autre ? » Sa voix était pleine de chagrin, car il savait combien sa fille était malheureuse. « Allons dis-moi... tout ce que tu voudras. »

« Je voudrais un prince », pensait Belle ; puis elle leva les yeux, honteuse de décevoir son père, qui adorait faire des cadeaux. Elle devait à tout prix trouver une idée. « Pardonnez-moi, père. Si cela vous fait plaisir, j'aimerais une rose. Il n'en pousse guère par ici, et cela me manque beaucoup. »

Ses sœurs eurent peine à dissimuler leur mépris. « Quel gâchis ! » sifflèrent-elles entre leurs dents. « Elle fait la modeste. Mais pour qui se prend-elle ? » Cependant, elles n'osèrent rien dire devant leur père, qui était ravi de la demande de Belle.

« Tu auras la plus belle des roses que l'argent peut acheter ! » s'exclama M. Fortuné. Sur ces mots il s'en alla, aussi vite que son cheval put l'emporter.

Mais quand M. Fortuné arriva en ville, les choses ne se passèrent pas comme il l'avait espéré. Ses dettes n'étaient pas soldées; la cargaison du navire fut saisie afin de les payer. Et malgré tous ses efforts, il repartit chez lui quelques jours plus tard, les mains vides et aussi pauvre qu'à son arrivée.

La route était fatigante et près de cinquante kilomètres le séparaient de la chaumière. Il avait hâte de retrouver ses filles, inquiet seulement de la manière dont il allait pouvoir leur annoncer la mauvaise nouvelle. La nuit tombait, le vent se fit froid et une terrible tempête de neige se leva. M. Fortuné chercha un abri dans la grande forêt, mais le temps était si mauvais et la végétation si dense qu'il se perdit. Exténué, il s'accrocha de

son mieux à l'encolure de son cheval, les branches glacées menaçaient de le faire tomber à chaque pas. Au cœur des hurlements du vent, il entendait les cris des loups qui tournaient autour de lui, affamés, guettant le moment où il allait tomber.

Tout espoir semblait perdu, quand enfin il aperçut, luisant faiblement à travers les bois touffus, l'éclat lointain d'une lumière. Vacillant, M. Fortuné se laissa guider par elle à mesure que les arbres se raréfiaient. La lueur était de plus en plus vive et il se trouva bientôt à l'orée du bois. Le vent mordant tomba alors d'un coup et l'air calme et frais s'emplit du doux parfum des milliers d'orangers qui découpaient l'éblouissante clarté d'un immense palais dont chacune des fenêtres était illuminée.

M. Fortuné écarquillait les yeux tandis que son cheval traversait l'épais tapis de neige lisse et blanc qui étouffait le moindre bruit. Il chevaucha le long d'une allée bordée d'arbres ornés de clochettes et de lanternes; il longea de vastes pelouses parsemées de massifs de fleurs et des haies taillées en forme de fabuleuses créatures qu'on aurait dit vivantes. Tout le long du chemin, des oiseaux chanteurs gazouillaient comme pour le saluer.

Le palais était bien trop grand et éblouissant pour être embrassé d'un seul coup d'œil. Il semblait s'étendre à l'infini, avec d'innombrables ailes et fenêtres, tours et tourelles aux proportions parfaites qui surpassaient tout ce que M. Fortuné avait jamais vu.

Il y avait une magnifique écurie, dans laquelle son cheval fatigué était entré sans hésiter pour y trouver foin et avoine à foison, ainsi qu'une litière chaude et sèche. M. Fortuné le laissa mâchonner joyeusement et se dirigea vers l'immense porte du palais.

Il resta un moment devant elle, s'attendant en pareil lieu à être accueilli par des valets et des serviteurs; mais personne ne vint. Surpris, M. Fortuné leva la main vers le heurtoir garni de pierres précieuses et sculpté en or massif. Il était plus gros qu'une tête d'homme et semblait affreusement lourd, mais à peine l'eut-il effleuré que la porte s'ouvrit silencieusement.

Il se retrouva dans un vaste et somptueux hall, éclairé de milliers de bougies scintillantes dont les reflets luisaient de toutes parts. Un agréable feu flambait dans une grande cheminée et M. Fortuné s'empressa d'aller s'y réchauffer, car ses vêtements étaient froids et humides. À l'autre bout de la salle il vit qu'une table avait été dressée pour un couvert, et le repas sentait si bon qu'il avait peine à se retenir de l'engloutir. Peut-être celui qui vit ici me proposera d'y prendre part, pensa-t-il. Au bout d'une heure, comme l'horloge sonnait dix coups et que personne ne s'était montré, M. Fortuné, affamé, n'y tint plus. Il s'assit et se régala du plus fameux souper qu'il eût goûté, accompagné de plusieurs verres d'un excellent vin. Rassasié, épuisé et se sentant à présent presque chez lui, il gravit l'immense escalier et se mit en quête d'un endroit où se reposer. Une porte s'ouvrit sur un somptueux lit à baldaquin sur lequel il s'allongea et s'endormit aussitôt.

La matinée était bien avancée quand M. Fortuné s'éveilla, revigoré après un profond sommeil. Quand il se leva pour s'habiller, il découvrit avec stupéfaction que ses vieux vêtements avaient été troqués contre un habit tout neuf qui lui allait si bien qu'on l'eut dit taillé sur mesure. « Eh bien, songea-t-il, voilà qui est parfait. Fortuné de nature, en effet. » Puis il sourit en pensant : « Ou peut-être quelque bonne fée vit-elle ici et se sera éprise de moi ! »

Ravi à cette pensée, M. Fortuné regagna le vaste hall. Après s'être régalé du petit déjeuner qui semblait avoir été servi pour lui, il s'adressa à la salle vide : « Je vous remercie, gentille fée, pour votre très généreuse hospitalité. Votre palais est splendide. Je dois reprendre la route à présent, mais je vous invite chaleureusement à vous arrêter dans notre humble demeure, si vous passez par là. » Sur ces mots, M. Fortuné sortit joyeusement chercher son cheval.

Le chemin qui menait aux écuries lui sembla légèrement différent de la veille, et il se retrouva dans une partie du jardin qu'il n'avait pas remarquée.

Elle était entièrement plantée de roses: des roses rouges d'une beauté et d'une perfection exquises, d'une couleur éclatante sur la blancheur de la neige, aux pétales vermeils poudrés de neige et au parfum si capiteux qu'il semblait enivrer jusqu'aux oiseaux chanteurs. Comme il respirait leur arôme, M. Fortuné se rappela la requête de Belle. Enchanté de pouvoir ramener à une de ses filles le présent qu'elle lui avait demandé, il choisit la plus délicate, la plus rouge et la plus belle des roses qu'il put trouver et la cueillit avec d'infinies précautions.

Oh, M. Fortuné,
malheureux homme...

Tout à coup, le ciel s'obscurcit comme si une ombre venait de s'étendre sur le monde. La terre trembla, les oiseaux s'envolèrent avec des cris stridents et l'air s'emplit d'un hurlement de douleur et de rage. M. Fortuné voulut se retourner, mais un énorme poing griffu avait saisi son épaule pour le faire pivoter comme une poupée de chiffon... il se retrouva face à une créature si monstrueuse qu'il faillit s'évanouir de peur. « Comment osez-vous ? Comment osez-vous voler une de mes roses ? gronda-t-elle. Je vous ai sauvé la vie et en échange, vous me volez. » Ses yeux terribles étincelaient de rage. « Vous le paierez de votre vie : préparez-vous à mourir ! »

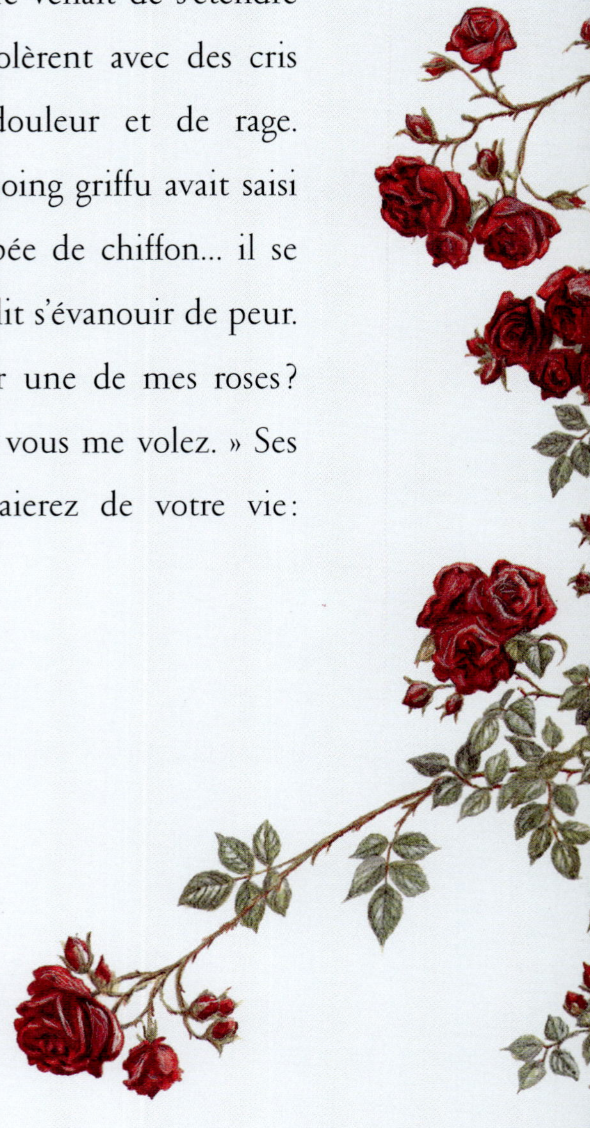

« Je vous en supplie, implora M. Fortuné qui, saisi d'horreur, pouvait à peine contrôler sa voix, pardonnez-moi s'il vous plaît. Ma faute est involontaire. Ma fille voulait une rose; je l'ai cueillie pour elle. Je ne voulais pas vous offenser. Vous avez été si bon, Monseigneur...

– Ne m'appelez pas « Monseigneur » rugit la créature. N'essayez pas de m'amadouer par des paroles flatteuses. Je n'aime pas cela. Il faut dire ce que nous pensons et être ce que nous sommes. Je suis une bête. Mon nom est la Bête. Vous m'appellerez la Bête. Bête de nature, Bête de nom. Bête! Bête! Bête! » Il tremblait comme s'il luttait pour se maîtriser, puis il s'adressa à M. Fortuné qui s'était recroquevillé: « Vous dites avoir une fille?

– Oui, Mon... la Bête, bredouilla le pauvre homme, désespéré. J'en ai trois... je peux vous montrer leur portrait...

– Non! cracha la Bête. Un portrait ne signifie rien. C'est ta vie que je veux; mais à la place, je prendrai ta fille. Alors tu vivras... cependant

elle doit venir de son plein gré. Je t'accorde un jour. Va maintenant et ramène-la ; ou reviens seul pour mourir. Jure-le, ou je te tue sur-le-champ !
– Je le jure sur ma vie, s'empressa de répondre M. Fortuné, pensant qu'ainsi, il aurait au moins l'occasion de dire adieu à ses filles adorées avant de revenir se soumettre à son destin.
– Alors pars, dit la Bête en se détournant. Tu trouveras des cadeaux avec ton cheval. Je n'aurais pas laissé tes filles entièrement démunies. »
Tandis que la Bête s'éloignait d'un pas lourd, M. Fortuné courut aussi vite qu'il le put jusqu'aux écuries, tant il était pressé de s'en aller. Son cheval l'attendait, harnaché et sellé de neuf ; sur son dos, une grande malle avait été bouclée, remplie de plus de robes et de bijoux que ses filles n'auraient jamais pu en rêver. Mais sur son cheval qui le ramenait chez lui, M. Fortuné songeait qu'aucune richesse ne pourrait le réconforter, car la Bête venait de lui briser le cœur.

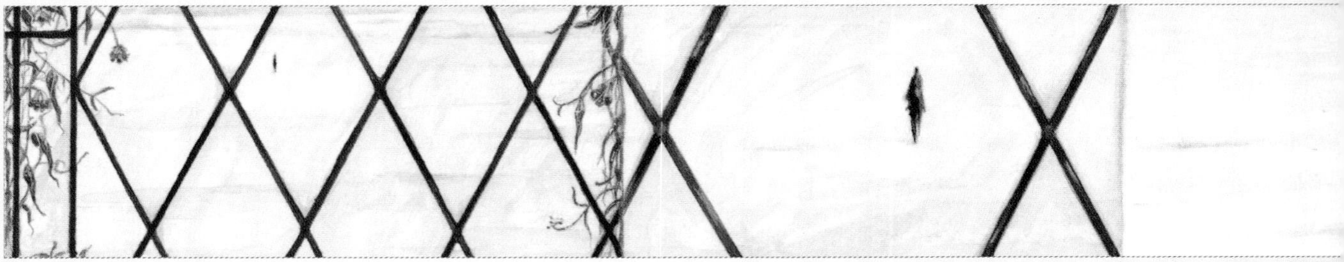

Belle le vit la première, petite tache sombre sur l'étendue blanche du paysage. « Il arrive ! cria-t-elle. Il est revenu ! » Aussitôt, Hermine et Gertrude se précipitèrent dehors en la bousculant, mourant d'envie de voir leurs cadeaux et gloussant de plaisir à la vue du bel habit neuf de M. Fortuné, trop excitées pour remarquer les larmes qui coulaient sur ses joues. Elles ouvrirent grand la magnifique malle et... oh, quel bonheur ! Quelles merveilles ! Quelle extase fut la leur !

Mais quand M. Fortuné fit don de sa rose à Belle, sa voix se brisa de chagrin. « Ma chère Belle, dit-il, ton cadeau m'a coûté plus cher que n'importe quel trésor. » Et il leur conta toutes ses épreuves.

Elles l'écoutèrent horrifiées, ayant peine à croire qu'un tel monstre pût exister. Peut-être les déconvenues de leur père lui avait fait perdre la raison ; mais elles finirent par comprendre qu'il disait vrai. L'horreur fit alors place à la colère. Les sœurs de Belle lui lancèrent un regard furieux.

« Il faut toujours que tu sois différente, n'est-ce pas? lança Hermine âprement. Tu ne pouvais pas demander quelque chose de normal?
– Rapportez-moi une rose, papa, rapportez-moi une rose, se moquait Gertrude. Tu te crois si originale. Maintenant tu as tout gâché. »
Mais Belle ne répondait pas. Elle entendait à peine leurs paroles. « C'est entièrement ma faute », pensait-elle. Son père bien-aimé était dans une situation terrible, et c'était à cause d'elle. Il ne mourra pas, résolut-elle. Cette rose m'appartient. C'est à moi d'y aller. Et j'irai avec joie. Alors, comme si elle s'éveillait soudain d'un profond sommeil, elle prit la parole: « Père, ne soyez pas triste. Vous avez cueilli cette rose pour moi, c'est donc à moi d'aller trouver la Bête. »
Tous posèrent sur elle un regard stupéfait. « Non, Belle, dit son père.
– Si, père, dit-elle avec une fermeté qui surprit tout le monde, y compris elle-même. Je sais ce que je dois faire, et ma décision est prise. »

Ils eurent beau en débattre jusque tard dans la nuit, rien ne put la faire changer d'avis. Même si son père tentait de partir seul, lui dit-elle, elle le suivrait. La question était tranchée. Belle se rendrait chez la Bête.

Il faisait encore sombre quand Belle et son père quittèrent la chaumière, tôt le lendemain matin. Ils voyagèrent toute la journée, serrés l'un contre l'autre pour se tenir chaud, à travers des champs enneigés et des forêts glacées, quand, à la tombée de la nuit, apparut devant eux le magnifique palais. M. Fortuné conduisit Belle dans le vaste hall où les bougies scintillaient telles des lucioles; les bûches flambaient dans l'âtre, et la grande table, cette fois-ci, était dressée pour deux.

Ils touchèrent à peine aux mets, dans un silence triste et tendu. M. Fortuné était trop accablé pour parler et Belle, bien qu'elle voulût se montrer courageuse, était terriblement effrayée car elle savait que la Bête allait bientôt arriver. Elle n'eut guère longtemps à attendre. Une froide obscurité se répandit dans la pièce : on les observait.

Elle retint son souffle lorsque la monstrueuse créature apparut, les dominant de toute sa hauteur ; ses griffes raclaient le sol dans un crissement qui lui fit serrer les dents et son odeur aigre l'écœurait. La Bête était d'une laideur indicible, et parlait, ou plutôt grognait d'une voix si rauque que Belle souffrait de l'écouter.

« Êtes-vous ici de votre plein gré ? » demanda la Bête.

Belle avait peine à parler tant elle tremblait, mais elle parvint à acquiescer d'un signe de tête.

« Alors soyez la bienvenue », dit la Bête. Il inspira profondément, comme s'il s'apprêtait à ajouter quelque chose; au lieu de quoi il se tourna brusquement vers M. Fortuné. « L'amour de votre fille vient de vous sauver la vie. Quand vous lui aurez fait vos adieux, vous serez plongés dans le sommeil. Vous serez parti quand elle s'éveillera. »

Tout ne fut alors que silence. Le bruit s'était évanoui, l'odeur aussi... la Bête avait disparu. Belle gardait les yeux rivés sur la salle vide. Comme c'est étrange, pensait-elle: il ne m'a même pas regardée. Cela n'avait aucun sens, mais du moins était-elle vivante. « Tout ira bien, murmura-t-elle à son père éploré. » Et ils s'endormirent là même où ils étaient assis.

Lorsque Belle s'éveilla le lendemain matin, elle sut qu'elle était seule. Elle resta assise immobile pendant un moment, le cœur tremblant à la pensée du monstre qui la retenait prisonnière. « Il ne me brisera pas, se jura-t-elle. Je ne lui avouerai pas ma peur... seulement le mépris que j'ai pour sa cruauté et ma haine de sa laideur. »

Ayant pris cette courageuse décision, Belle se leva et se rendit à l'étage pour trouver une chambre où défaire son maigre bagage. Elle se sentit minuscule dans le gigantesque escalier et l'immensité des vastes couloirs qui s'étendaient à perte de vue dans plusieurs directions. Comme elle hésitait, ne sachant laquelle prendre, elle aperçut devant elle une porte sur laquelle étaient tracés ces mots scintillants : « Chambre de Belle ».

« Ainsi voilà ma cellule », se dit-elle tristement. Elle tourna la poignée et pénétra dans une pièce qui était si différente de ce qu'elle avait imaginé qu'elle crut rêver. Elle n'avait rien d'une cellule : ni sombre, ni froide, ni humide, ni petite. Il n'y avait pas de chaînes pendues aux murs

ni de barreaux en travers de fenêtres crasseuses. C'était la pièce la plus incroyablement luxueuse que Belle eut jamais vue. C'était plutôt une enfilade de pièces, car chacune d'elles donnait sur une autre, tout aussi splendide que la précédente. La somptueuse chambre, au grand lit capitonné, ouvrait sur un vestiaire dont les hautes armoires débordaient d'extraordinaires toilettes qui lui allaient toutes à merveille. Il y avait une immense salle de bains chauffée, où elle trouva des huiles parfumées de toutes les couleurs et un salon lumineux avec plus de sofas et de tapis que l'année ne comptait de jours. Dans le salon de musique, tout un ensemble de clavecins, violons, violoncelles, flûtes et hautbois se mit à jouer doucement à l'entrée de Belle, devant la grande piste de danse, comme pour lui dire « Bienvenue, dansons un peu ! ». Une grande bibliothèque était remplie, du sol au plafond, de tous les livres qu'elle connaissait, et de bien d'autres encore. Enchantée, Belle regardait tout autour d'elle et se plongea soudain dans ses pensées.

Elle comprenait que la Bête ne se serait pas donné tant de peine si elle avait voulu la tuer immédiatement et qu'elle ferait donc aussi bien de profiter de tout cela tant qu'elle le pouvait.

« Si seulement je pouvais voir mon père et mes sœurs », pensa-t-elle. Aussitôt apparut sur le mur un miroir dans lequel, à sa grande surprise, elle vit M. Fortuné en sûreté dans son foyer, tandis qu'Hermine et Gertrude paradaient devant lui dans leurs nouveaux atours. « Merci, la Bête, se dit Belle, vous êtes meilleur que vous n'en avez l'air. »

Quand Belle eut terminé son exploration, s'émerveillant de chaque détail, la nuit était tombée. Alors, les bougies s'allumèrent d'elles-mêmes et à leur douce lueur,

Belle s'accorda le plaisir d'un bain délicieux. Ensuite, elle choisit dans sa garde-robe une toilette absolument exquise et descendit pour le souper. La grande salle était magnifique à la lueur des bougies, et un somptueux repas était disposé sur la table. Mais lorsque Belle prit place, l'horloge sonna neuf coups, et le terrible raclement qui annonçait la Bête se fit entendre. Elle se sentit submergée par la peur mais s'efforça de ne rien laisser paraître quand le monstre se montra.

Un long moment, le silence régna, durant lequel Belle pria pour qu'il ne lui fît aucun mal; puis il parla de sa voix lente et râpeuse:

« Belle, dit-il, puis-je me joindre à vous? »

Belle se sentit faible et crut qu'elle allait défaillir. Que voulait-il? Que devait-elle dire? Rassemblant tout son courage, elle le regarda drcit dans les yeux (mon Dieu, comme il était laid) et répondit aussi calmement qu'elle put. « Je suis certaine que vous ferez comme bon vous semble » dit-elle, surprise de son audace et s'inquiétant aussitôt de l'avoir peut-être mis en colère.

« Non, répondit-il après un temps, comme s'il tentait de se maîtriser. Tout ici n'est que pour votre plaisir. Je vous laisserai tranquille si vous le souhaitez. »

Belle était stupéfaite. Était-il possible qu'il fût sincère? Mais avant qu'elle ait eu le temps de répondre, il poursuivit, détournant la tête: « J'espère que vous aimez vos appartements... Je vois bien que vous me trouvez trop laid pour supporter ma vue.

– Oui... non, bredouilla Belle, qui ne voulait ni lui mentir ni l'offenser car il paraissait presque blessé. Vous semblez très bon, et votre palais est splendide... mais il est vrai que vous êtes...

– Je suis affreux », dit la Bête d'un ton furieux en bondissant sur ses pieds comme s'il ne pouvait supporter plus longtemps d'être en sa présence.

« Peut-être », admit Belle. Émue par l'amertume de sa voix, elle chercha une parole réconfortante. « Mais l'apparence n'est pas tout, et...

– Vraiment? rétorqua la Bête si sèchement que l'atmosphère se chargea de menaces. Belle eut un mouvement de recul et ses cheveux se dressèrent sur sa tête quand la Bête se pencha sur elle.

Elle pouvait maintenant le voir avec une terrible netteté : ses longs et puissants crocs, son grand nez, ses yeux impitoyables dans lesquels elle aperçut son reflet comme une petite fleur flottant à la surface d'un profond étang noir. Comme elle le regardait effarée, elle entendit le monstre lui demander : « Alors, voulez-vous m'épouser ? »
Belle fixa sur lui des yeux horrifiés ; elle parvenait à peine à comprendre ce qu'il venait de dire : « Non ! cria-t-elle, non, laissez-moi tranquille ! »
Dans les yeux de la Bête, elle vit son reflet vaciller tandis que l'étang noir se remplissait de larmes ; puis la Bête se détourna dans un soupir qui retentit dans tout le grand hall et jusqu'en haut des escaliers, pour envahir de chagrin le palais tout entier. « Adieu, Belle » dit la Bête en la quittant. Cette nuit-là, les rêves de Belle furent emplis de cet étrange et triste monstre qui paraissait si cruel et pourtant si sensible, si désireux de plaire et si facile à peiner.

Le lendemain et les jours qui suivirent fournirent à Belle autant de surprises et d'émerveillements que le premier jour. Ses appartements ne cessaient de la ravir et de l'étonner, et il semblait toujours y avoir une nouvelle pièce à découvrir.

Il y en avait pour le jour et d'autres pour la nuit, des pièces pour le moindre de ses caprices ou de ses plaisirs.

Il y avait l'atelier de couture, où elle s'exerçait à la broderie et au tissage de jolies tapisseries. Les aiguilles s'enfilaient toutes seules et jamais une épingle ne lui piquait le pouce.

Il y avait la volière remplie d'oiseaux qui chantaient de mystérieuses mélodies en bâtissant leurs nids, et elle se prit d'amitié pour un splendide perroquet qui se perchait sur son épaule.

Il y avait la salle des singes, où elle riait à en pleurer devant les pitreries des chimpanzés, et puis la pièce au hamac, l'atelier de peinture et une extraordinaire verrière dont les fenêtres offraient chaque jour une vue différente des jardins, quelle que fut la fréquence de ses visites.

Et puis il y avait les jardins eux-mêmes, encore plus luxuriants maintenant que la neige avait fondu et que leur faste éclatait au grand jour. Belle se promenait à cheval ou à pied pendant des heures. Par des après-midi de paresse, elle s'allongeait sur une barque et se laissait porter au fil des méandres de la rivière, entre prairies et vergers, pagodes, pavillons et parterres de fleurs. Elle s'ébattait dans les fontaines et s'asseyait près des cascades, explorait les labyrinthes, grimpait aux arbres et s'émerveillait devant les couleurs éblouissantes des milliers de fleurs. Partout, de fiers paons se pavanaient en déployant leur superbe queue, bavardant entre eux quand Belle approchait et de jeunes daims effarouchés apprirent à frotter contre elle leur museau chaud et humide, à mesure qu'ils s'habituaient à elle.

Belle n'avait plus peur : elle savait que la Bête ne lui voulait aucun mal, toujours courtoise et douce, ne se souciant que de son bonheur. Elle avait même fini par s'habituer à son apparence. Ils ne se rencontraient jamais le jour, mais chaque soir, aux neuf coups de l'horloge, le monstre apparaissait et lui demandait la permission de se joindre à elle pour le dîner. Loin de craindre ses visites, Belle se surprit à les attendre avec plaisir, car il était d'agréable compagnie. Elle en était venue à l'apprécier plus qu'elle ne l'aurait jamais imaginé.

Mais un problème demeurait. Chaque soir, la Bête lui posait immanquablement la même terrible question : « Voulez-vous m'épouser ? » C'était là ce que Belle redoutait par-dessus tout. Elle savait qu'elle devait répondre non ; mais elle savait aussi combien le monstre en souffrait, se détournant chaque fois en poussant ce soupir déchirant. Il persistait pourtant à le lui redemander la nuit suivante, et la nuit d'après, comme un être affamé se torture en rêvant de nourriture.

Au bout de trois mois, Belle ne put plus le supporter. « La Bête, dit-elle un soir, s'il vous plaît, ne me posez plus cette question. Je ne supporte

plus de vous causer tant de peine, mais je ne pourrai jamais vous aimer. Je tiens à vous comme à un tendre et cher ami. Contentez-vous de cela, je vous en prie, et ne gâchez pas cette amitié en demandant plus. »

Le monstre resta silencieux un moment, tête basse. « Pour rien au monde je ne voudrais vous faire souffrir, finit-il par dire. Pardonnez-moi. » Il leva les yeux sur Belle et pendant un instant, elle craignit de lui avoir infligé une blessure irréparable. Mais alors il sembla reprendre courage, et Belle devina ce qu'il allait dire avant même qu'il ne parle: « Je ne vous le demanderai plus, je vous le promets. Votre compagnie est une douce bénédiction qui dépasse toutes mes espérances. Un souhait seulement: si vous êtes heureuse de notre amitié, promettez-moi de ne jamais me laisser seul. »

Belle était profondément émue, et elle aurait volontiers accédé à sa requête, mais cela lui était impossible. Le matin même, le miroir magique lui avait montré son père malade d'inquiétude pour elle et elle désirait vivement rentrer chez elle pour le réconforter. « Je ne peux être heureuse ici tant que mon père est souffrant, expliqua-t-elle. Mon cœur saigne pour lui. »

« Et mon cœur saigne pour le vôtre, répondit aussitôt la Bête. Mais si je vous envoie auprès de votre père, vous y resterez certainement, et votre pauvre Bête en mourra de chagrin. »

Il semblait si triste, assis là. Elle tendit la main et la posa sur sa patte inerte et pesante. « Chère Bête », dit-elle. C'était la première fois qu'elle touchait sa fourrure rêche et drue, et elle fut surprise de voir comme sa propre main semblait frêle et pâle. « Je ne resterai pas là-bas, dit-elle doucement. Je vous promets de revenir. Je veux seulement m'assurer que mon père va bien, et lui montrer que je suis sauve et heureuse. Une semaine... ensuite je reviendrai. »

Elle lui caressa doucement la patte ; puis elle retira prudemment sa main car la Bête s'était mise à trembler et semblait tourmentée, détournant la tête d'un côté puis de l'autre. Quand le monstre parvint à s'apaiser, il parla si doucement que Belle dut se pencher pour l'écouter.

« Demain à votre réveil, vous serez chez vous », dit-il d'une voix éteinte et lasse qui ne trahissait ni joie ni plaisir. Belle sut qu'il venait de prendre une décision qu'elle ne pouvait comprendre, et qui lui coûtait terriblement. Puis il lui tendit quelque chose. « Gardez cette bague avec vous, dit-il en lui confiant un simple anneau d'or. Placez-la sur votre

oreiller quand vous souhaiterez revenir. Mais je vous conjure de ne pas faillir à votre promesse... une semaine. »

Avant que Belle ne pût lui répondre, la Bête s'éloigna dans un soupir plus triste et plus las que tous ceux qu'elle eut jamais entendus, se retournant pour lui lancer un long et dernier regard avant de disparaître.

Cette nuit-là, Belle s'endormit en pleurant car elle ne supportait pas de tant aimer la Bête et de lui infliger tant de peine; mais quand elle se réveilla le lendemain matin, sa tristesse s'envola. Elle se trouvait, à sa plus grande joie et à son plus grand étonnement, dans son ancien lit, chez elle; le soleil filtrait par la fenêtre et dehors, les champs luxuriants s'étiraient au loin, prêts pour la récolte.

Belle courut jusqu'au salon du rez-de-chaussée où se trouvait M. Fortuné qui, en apercevant sa fille adorée, put à peine en croire ses yeux. Ils s'enlacèrent, riant et pleurant, et les larmes semblèrent effacer les rides d'inquiétude du vieil homme, si bien que ses joues rayonnaient d'un bonheur que Belle ne lui avait plus connu depuis longtemps.

Hermine et Gertrude finirent par descendre elles aussi. Elles avaient été réveillées par Belle et son père qui dansaient de joie, et toutes deux étaient de fort méchante humeur. « Ne pouvez-vous faire moins de bruit ? » dit Hermine d'un ton brusque. « Nous voudrions bien dormir » ajouta Gertrude; puis elles posèrent les yeux sur Belle et dirent d'un air dégoûté: « Mais que fais-tu là ? »

Leur humeur ne s'améliora guère lorsque Belle leur raconta tout. En fait, elles étaient même furieuses. C'était tellement injuste.

Elles étaient là, retirées en pleine campagne, menant la plus monotone des vies en compagnie d'un père vieux et ennuyeux qui passait son temps à se ronger d'inquiétude; et leur affreuse cadette, qui aurait mérité de mourir pour sa stupidité, vivait grand train dans un palais magique, servie comme une princesse, entourée d'une infinité de richesses et de plaisirs. Oh, comme elles la détestaient, cette odieuse petite pimbêche! Mais elles eurent tôt fait de trouver un moyen de se venger.

« Faisons en sorte qu'elle reste plus d'une semaine. » dit Hermine à Gertrude, qui applaudit de plaisir. « Oh oui, sourit-elle. Cela rendra la Bête si furieuse que...

– Qu'elle la tuera peut-être, suggéra Hermine avec enthousiasme.

– Mais comment allons-nous faire? demanda Gertrude.

– Faisons semblant d'être heureuses de la voir. Elle ne pourra pas y résister. »

À partir de cet instant les sœurs de Belle lui prodiguèrent tant d'amour et d'affection que celle-ci oublia le reste. Elles lui apportaient son thé au lit; elles lui montraient leurs robes préférées; elles riaient à ses plaisanteries (pour ensuite faire des grimaces dans son dos).

M. Fortuné fut bientôt remis, et Belle était si heureuse qu'elle sut qu'il lui serait difficile de partir, même si la Bête lui manquait énormément.

Le matin de son départ, Hermine et Gertrude fondirent en larmes au petit déjeuner et elles sanglotèrent sans pouvoir s'arrêter, implorant Belle de rester et de penser à elles et à leur pauvre cher père. Belle ne se doutait pas qu'elles venaient de se frotter les yeux avec un oignon. Elles furent si convaincantes que, émue par leurs larmes, elle accepta de rester un jour de plus.

Chaque matin, les sœurs de Belle se frottaient les yeux avec un oignon pour faire monter leurs larmes; et chaque soir, elles pleuraient de rire devant le succès de leur stratagème. Chaque jour, Belle acceptait de rester encore un peu. Elle s'inquiétait de plus en plus de ne pas tenir sa promesse et une étrange tristesse l'accablait chaque fois qu'elle pensait à la Bête.

Le dixième soir, Belle comprit ce qu'elle avait fait. Dans le miroir, tandis qu'elle se brossait les cheveux avant de se coucher, son reflet fit place à l'image du palais de la Bête, comme vu de très haut et baigné par le clair de lune. Soudain elle vit la Bête, étendue près de la rivière, dans une partie du jardin qu'elle ne connaissait pas. Elle semblait malade et misérable, et dans ses yeux brillait une douleur extrême.

Elle resta un instant le souffle coupé, saisie par le choc. « Il me faut partir sur-le-champ », pensa-t-elle. « Je l'ai blessée ; je suis restée trop longtemps. Pardonnez-moi, la Bête. J'arrive. »

Elle posa prestement la bague sur son oreiller et quand elle reprit conscience au matin, elle était dans son magnifique lit, au palais de la Bête. Mais il y faisait plus froid que dans son souvenir, et quand elle regarda par la fenêtre, elle constata que la neige était tombée et que les arbres nus se découpaient sur le ciel gris ; même ses appartements semblaient mornes et fanés, comme une chanson qui a perdu sa mélodie. Belle ne tenait pas en place. Elle était si impatiente de revoir la Bête que la journée lui sembla interminable. À la tombée de la nuit, elle se vêtit de la plus belle robe qu'elle put trouver, espérant vivement qu'elle plairait à la Bête. Mais il n'y avait pas de repas préparé sur la table de la grande salle et quand l'heure tant attendue arriva et que l'horloge sonna neuf coups, la Bête n'apparut pas.

Alors Belle sentit la panique lui serrer le cœur de sa main glacée. Que se passait-il ? Où était-il ? Il mourrait de chagrin, avait-il dit, si elle ne revenait pas ; mais assurément ce n'étaient que des mots. Elle était là désormais. Elle avait besoin de lui. « La Bête ! » cria-t-elle en courant aussi vite que possible dans tout le palais. « La Bête, je suis revenue ! » Mais chacune des pièces était verrouillée et silencieuse, et seul l'écho lui répondait de sa voix fausse et lointaine.

Folle de désespoir, Belle s'efforça de réfléchir. Elle devait le retrouver avant qu'il ne soit trop tard. Dehors... dans le miroir, elle l'avait vu dehors. Mais plus rien ne lui était familier dans les ténèbres de la nuit. Elle se mit à courir, trébuchant et appelant la Bête. Les larmes coulant le long de ses joues. À bout de forces, elle s'effondra dans la neige. Le cœur battant à tout rompre dans sa poitrine, elle cria sa douleur à la lune cruelle.

C'est alors qu'elle l'aperçut. Il était étendu près de la rivière, comme la nuit

précédente, silencieux et immobile. La neige le recouvrait déjà d'un fin manteau qui adoucissait sa silhouette et l'enveloppait de ses froids et légers flocons. « Non! cria Belle à travers ses larmes, non! la Bête! » Elle se précipita vers lui et le frictionna désespérément pour enlever la neige, car elle sentait qu'elle était en train de le perdre. « Ne partez pas la Bête! criait-elle. Je suis là, restez avec moi, ne partez pas. » Même lorsque la Bête fit un dernier mouvement et que ses yeux s'entrouvrirent, elle sut qu'il était trop tard.

Belle eut donné n'importe quoi pour le retenir. « Vous avez brisé votre promesse, dit-il faiblement. Il est trop tard. Mais vous êtes venue, et la mort m'est douce de vous avoir revue. »

Alors il ferma les yeux, et Belle le regarda effarée, tandis que son corps s'affaissait entre ses bras. « Non! » s'écria-t-elle, des larmes brûlantes coulant le long de ses joues jusque sur la Bête. « Pas maintenant! S'il vous plaît, pas maintenant! Écoutez-moi, la Bête! Vous ne devez pas mourir. Je vous aime. Restez près de moi, la Bête, je vous aime. »

Elle ne parvenait plus à réprimer ses sanglots. Elle avait rencontré l'amour pour le perdre aussitôt; et cela représentait tellement plus qu'elle ne croyait... la douleur était insurmontable. Il était laid; mais elle le trouvait si beau... la plus belle chose qu'elle eût jamais connue. Et maintenant, elle ne pouvait plus lui dire combien elle aimait son regard, sa bouche, et son nez tordu, sa timide bonté, sa façon de marcher, et ses énormes mains. « Je vous aime », criait-elle, les yeux baignés de larmes, aveuglée par la neige. « Je vous aime », comme si ces mots avaient pu le ramener à la vie alors que tout n'était que chagrin et que son cœur éclatait de douleur. Il était trop tard. Elle se sentit glisser et sombrer dans une immense peine.

Tout à coup, quelqu'un la prit dans ses bras. La neige mouillait sa joue, comme de douces

larmes; et quelqu'un murmurait à son oreille, lui demandant tendrement :

« Alors, voulez-vous m'épouser ?
– Oh, oui, je le veux, dit-elle. *Oh, oui.*

– Eh bien, ouvrez les yeux ! » entendit-elle. Comme Belle battait des paupières pour chasser ses larmes, il lui sembla que le ciel éclatait d'une lumière éblouissante. Devant elle, se trouvait non pas la Bête, mais un beau prince dont elle reconnaissait et aimait les yeux sombres, dans lesquels elle voulait se refléter pour l'éternité.

« Maintenant vous me voyez tel que je suis réellement, lui dit-il. Car votre amour m'a sauvé d'un terrible sortilège qui m'avait transformé en bête. Seul un cœur m'aimant pour ce que je suis pouvait me libérer. »

« Vous êtes très beau désormais, dit Belle en souriant. Mais je vous aimais déjà comme vous étiez. » Elle caressa sa douce joue et ses puissantes mains, heureuse de voir que son nez était encore un peu tordu, et son regard toujours aussi profond. Ainsi il était tellement plus intéressant que le prince des livres d'images qu'elle s'était toujours imaginé. « Et je vous aime aussi maintenant, ajouta-t-elle en s'apprêtant à l'embrasser, plus que les mots ne pourraient le dire. »

Peu de temps après ils se marièrent, et ils vécurent toujours très heureux, car ils avaient gagné leur amour ; et l'amour que l'on a gagné dure très longtemps. Peut-être voudriez-vous voir les photos du mariage ? M. Fortuné sera ravi et fier de vous les montrer, à la première occasion ! « Ne sont-ils pas superbes ? » dira-t-il en s'efforçant de contenir sa joie. « J'ai toujours su qu'ils seraient parfaits ensemble. Le meilleur gendre dont vous pourriez rêver. Un jardinier hors pair ! Il excelle avec ses roses. Vous savez comment ils se sont rencontrés, bien sûr ? Non ? Ne vous ai-je jamais raconté l'histoire de la Belle et la Bête ? »

Fin

Pour Caz

M.E.

Pour Nancy, Mitzy, Watson et Babe

A.B.

Adaptation française : Marie-Céline Cassanhol
Secrétariat d'édition : Émilie Collet
Texte original : Max Eilenberg
Illustrateur : Angela Barrett

ISBN 978-2-7000-1530-0
Dépôt légal : janvier 2007
PAO : Sandrine Morgan
Imprimé en Chine

Loi n° 49-956 du 16 juillet 1949 sur les publications destinées à la jeunesse